图书在版编目(CIP)数据

(嘉靖)通州志略/刘宗永校点.—北京:中国书店,2007.10
ISBN 978-7-80663-477-6

Ⅰ.嘉… Ⅱ.刘… Ⅲ.通州区-地方志-明代 Ⅳ.K291.3

中国版本图书馆 CIP 数据核字(2007)第 142838 号

北京舊志彙刊

通州志略　一函五册

作者　明·楊行中 纂輯　劉宗永 校點
出版　中國書店
地址　北京市宣武區琉璃廠東街一一五號
郵編　一〇〇〇五〇
發行　全國新華書店經銷
印刷　江蘇金壇古籍印刷廠
版次　二〇〇七年十二月
書號　ISBN 978-7-80663-477-6/K·189
定價　八二〇元

北京舊志彙刊

通州志略

明·楊行中 纂輯

劉宗永 校點

中國書店

《北京舊志彙刊》編委會

主　任：段柄仁

副主任：王鐵鵬　馮俊科　孫向東

委　員（按姓氏筆畫排列）：

于世疆　于華剛　王春柱　王　崗　白化文

李建平　馬建農　張　蘇　魯傑民　韓格平

韓　樸　譚烈飛　龐　微

《北京舊志彙刊》專家委員會

馬建農　羅保平　白化文　毋庚才

韓　樸　楊　璐　王　熹　邱居里

《北京舊志彙刊》編委會辦公室

主　任：王春柱

副主任：譚烈飛（常務）　張　蘇

陳宏毅　韓　旭

成　員：劉宗永　孫連慶

安　娜　雷　雨

《北京舊志彙刊》出版工作委員會

主　任：馬建農

成　員：雷　雨　劉文娟　羅錦賢

開啓北京地域文化的寶庫

——《北京舊志彙刊》序

段柄仁

中華文明源遠流長，其燦爛輝煌、廣博深遠，舉世公認。她爲什么能在悠悠五千年的歷史長河中，不僅傳承不衰，不曾中斷，而且生生不息，歷久彌鮮，不斷充實其内涵，創新其品種，提高其質地，增强其凝聚力、吸引力、擴散力？歷朝歷代的地方志編修，不能不說是一個重要因素。我們的祖先，把地方志作爲資政、教化、傳史的載體，視修志爲主政者的職責和義務，每逢盛世，更爲重視，常常集中人力物力，潛心編修，使之前映後照，延綿不斷，形成了讓世界各民族十分仰慕的獨一無二的文化奇峰勝景和優良傳統。雖然因歷史久遠，朝代更迭，保存困難，較早的志書多已散失，但留存下來的舊志仍有九千多種，十萬多册，約占我國全部歷史文獻的十分之一。規模之大，館藏之豐，其他種類的書籍莫可企及。

作爲具有三千多年建城史，八百多年建都史的北京，修志傳統同樣一以貫之。有文獻記載的最早的官修地方志或類似地方志是《燕十事》，之後陸續有《燕丹子》、《幽州人物志》、《幽州圖經》、《幽都記》、《大都圖册》、《大都志》、《洪武北京圖經》、《北平圖志》、《北平志》、《北平府圖志》等。元代以前的志書，可惜祇聞其名而不見其書，都没有流傳下來或未被挖掘出來。現存舊志百餘種，千餘卷，包括府志、市志、州志、縣志、街巷志、村志、糧廳志、風俗志、山水志、地理志、地名志、關志、寺廟志、會館志等，其中較早而又較爲完整的《析津志輯軼》，是從元代編修《析津志典》的遺稿及散存《永樂大典》等有關書籍中輯録而成的。明代最完整的志書《順天府志》也是鈔録於《永樂大典》。其餘的舊志，多爲清代和民國時期所撰。這些十分寶貴的文獻資料，目前散存於各單位圖書館和個人手中。有的因保存條件很差，年長日久，已成殘本，處於急需搶救狀態。有些珍本由於收藏者的代際交替，輾轉於社會，仍在繼續流失之中。即便保存完好者，多數也是長期閉鎖於館庫之中，很少有人問津。保護、整理和進一步研究挖掘，開啓這座塵封已久的寶庫，使其盡快容光煥發地亮起來、站出來，重見天日，具有不可延誤的緊迫性。不僅對新修志書有直接傳承借鑒作用，對梳理北京的文脈，加深對北京歷史文化的認識，提供基礎資料，而且對建設社會主義先進文化，進一步發揮其資政教化作用，滿足人們文化生活正向高層次、多樣化發展的需求，推動和諧社會建設，都將起其他文化種類難以替代的作用，是在北京歷史上尚屬首次的一項慰藉祖宗、利及當代、造福後人的宏大的文化基礎建設工程，具有重大的現實意義，必將產生深遠的歷史影響。

當前是全面系統地整理發掘舊志，開啓這座寶庫的大好時機。國家興旺，國力增强，社會安定，人民生活正向富裕邁進，不僅可提供財力物力支持，而且爲多品種、高品味的文化產品拓展着廣闊的市場。加之經過二十多年的社會主義新方志的編修，大大提高了全社會對方志事業的認同感和支持度，培育了一大批老中青結合的修志人才。在第一輪編修新方志的過程中，也陸續整理、注釋出版了幾部舊志，積累了一定經驗。這些都爲高質量、高效率地完成這項任務提供了良好的條件，打下了扎實的基礎。

全面系統、高質高效地對北京舊志進行整理和發掘，也是一項十分艱巨的任務。需要强有力的領導和科學嚴密的組織工作。爲此，在市地方志編委會領導下，成立了由相關領導與專家組成的北京舊志整理叢書編委會。采取由政府主導，市地方志辦公室、市新聞出版局和中國書店出版社聯合承辦，充分吸收專家學者參與的方法，同心協力，各展其能。需要有高素質的業務指導。實行全市統一規範、統一標準、統一審定的原則。製定了包括《校點凡例》在内的有關制度要求。成立了在編委會領導下的專家委員會，指導和審查志書的整理、校點和出版。對於參與者來説，不僅提出了應具備較高的業務能力的標準，更要求充分發揚脚踏實地、開拓進取、受得艱苦、耐得寂寞、甘於坐冷板凳的奉獻精神，爲打造精品出版物而奮鬥。爲此，我們厘定了《北京舊志彙刊》編纂整理方案，分期分批將整理的舊志，推向讀者，最終彙集成一整套規模宏大的、適應時代需求、與首都地位相稱的高質量的精神産品——《北京舊志彙刊》，奉獻於社會。

丁亥年夏於北京

《北京舊志彙刊》校點凡例

一、《北京舊志彙刊》全面收録元明清以及民國年間的北京方志文獻，是首次對歷朝各代傳承至今的北京舊志進行系統整理刊行的大型叢書。在對舊志底本精心校勘的基礎上重新排印并加以標點，以繁體字竪排綫裝形式出版。

二、校點所選用的底本，如有多種版本，則選擇初刻本或最具有代表性的版本爲底本；如僅有一種版本，則注意選用本的缺卷、缺頁、缺字或字迹不清等問題，并施以對校、本校、他校與理校，予以補全謄清。

三、底本上明顯的版刻錯誤，一般筆畫小誤、字形混同等錯誤，根據文義可以斷定是非的，如「己」「已」「巳」等混用之類，徑改而不出校記。其他凡删改、增補文字時，或由於文字异同造成的事實出入，如人名、地名、時間、名物等歧异，則以考據的方法判斷是非，并作相應處理，皆出校記，簡要説明理由與根據。

四、底本中特殊歷史時期的特殊用字，予以保留。明清人傳刻古書或引用古書避當朝名諱的，如「桓玄」作「桓元」之類，據古書予以改回。避諱缺筆字，則補成完整字。所改及補成完整字者，於首見之處出校注説明。

五、校勘整理稿所出校記，皆以紅色套印於本頁栏框之上，刊印位置與正文校注之行原則上相對應。遇有校注在尾行者，校記文字亦與尾行相對應。

六、底本中的异體字，包括部分簡化字，依照《第一批异體字整理表》改爲通行的繁體字。《第一批异體字整理表》未規範的异體字，參照《辭源》、《漢語大字典》改爲通行的繁體字。人名、地名等有异體字者，原則上不作改動。通假字，一般保留原貌。

七、標點符號的使用依據《標點符號用法》，但在具體標點工作中，主要使用的標點符號有：句號、問號、嘆號、逗號、頓號、分號、冒號、引號、括號、間隔號、書名號等十一種常規性符號，不使用破折號、着重號、省略號、連接號與專名號。

八、校點整理本對原文適當分段，記事文以

時間或事件的順序爲據，論説文以論證層次爲據，韵文以韵脚爲據。

九、每書前均有《校點説明》，内容包括作者簡况、對本書的評價、版本情况、校點中普遍存在的問題，以及其他需要向讀者説明的問題。

通州志略目録

《通州志略》校點説明

通州，傳説中爲高陽氏顓頊帝所都畿内之地，唐堯時，屬冀州，虞舜時，屬幽州，夏商時，此仍爲冀州地。至周武王克紂，封召公奭於燕，此始屬燕。春秋戰國，俱爲燕地。秦時，此屬漁陽郡。漢初，始於此置路縣，東漢始稱潞縣，仍屬漁陽郡。此後隸屬大同小异。至金天德三年，始升爲通州，取漕運通濟之意，領潞、三河二縣，屬中都路。元屬大都路。明時省潞縣入通州，仍屬順天府。俗稱北通州，以與南通州（南直隸通州，今江蘇南通）相對。元代至元年間，郭守敬鑿開通惠河，通州的水路交通地位變得更爲重要。明成祖遷都北京，通州更爲畿輔首地，名甲天下。正如楊行中在本志序中所説，「四方舟車輻輳於此，禮樂名物，視天下爲甲焉」。明朝的通州領三河、武清、漷、寶坻四縣。至清朝，省漷縣入通州，而將三河、武清、寶坻等三縣析出。

《光緒順天府志·藝文志》著録明代兩種通州志即《通州圖志》、《通州志》皆佚，又著録周通《通州志》：「佚，卷數無考。明弘治間州人周通采輯一州典故，修志稿若干卷，未梓」。明朝嘉靖年間楊行中纂輯的《通州志略》十三卷，是現存最早的通州方志。歷史上該志傳本極罕，甚至相當長的時期内，人們普遍認爲其已亡佚。清初黄虞稷著録有明一代著述的《千頃堂書目》卷六地理類云：「楊行中《通州志略》，嘉靖間修。」這是目前所知唯一見於清人目録的記載。而朱彝尊纂輯《日下舊聞》，乾隆間敕修《四庫全書》、《日下舊聞考》，乃至光緒間繆荃孫纂輯《順天府志》皆未見其書。《光緒順天府志・藝文志》云：「汪有執、楊行中《通州志略》，佚。卷數無考。今志存行中一序。」然而，據有關專家調查，此書僅日本前田育德會尊經閣文庫藏有一部，爲世間孤本。上世紀八十年代，首都圖書館通過與日本東京都中央圖書館的文獻交换，獲得了其複製件。此複製本亦是國内僅有，很少人能見到。

楊行中，生於弘治二年，卒於隆慶六年，字維慎，號潞橋，通州人，廣濟坊民籍。正德十一年舉人，嘉靖二年進士。以進士知浙江山陰縣。厚重廉平，善理繁劇。寬猛相濟，士民歡洽。由知縣擢陝西監察御史，出按遼東，巡撫吕經激遼陽兵變，兵部請剿，行中疏請榜示諸城，令亂者自相捕以贖罪，上嘉納之，事得寢。後官歷南京右僉都御史、刑部侍郎、南京工部尚書、南京吏部尚書。爲官剛直明諫，曾諫止明世宗幸奉天。嚴嵩惡其不附己，以考察罷歸。敝廬蕭然，雖老亦不廢學。嘉靖二十四年，汪有執知通州，以通州歷來無志，特聘楊行中主持纂輯事宜。楊行中又請吴邦重等五人，「搜羅往籍，參互考訂。而當代之事，東明君則檄之六掾，咨之列司，牒之屬邑。坊里鄉鎮，則令義民王紳遍詣訪之。經始於丙午冬，至丁未十月再稿甫就」。歷時一年，至嘉靖二十六年而纂成此書。二十八年，初刊行世。

楊行中《嘉靖通州志略》是現存最早的通州志，它忠實記載了自秦漢至明中葉通州各方面的歷史，尤其是明朝中前期通州地方的詳細歷史。例如，卷十二《叢紀志・灾祥》：「嘉靖二年二月，風霾大作，黄沙蔽天，行人多被厭埋。三月，雨黄沙，着人衣，俱成泥漬。」可以説是關於明朝中期北京地區一次特大沙塵暴的詳細記載。又因其所記載的地域遠遠大於清朝的各種通州志所記，故而保留了其屬縣的歷史。

此書綱分十一，目分七十七，凡例中云：「爲綱十有三，爲目七十有六」，實爲不確。綱下目下一般都有小序，以見己意。「其各事迹或沿革利弊關涉政務者，間亦隨事具文，竊附己意」。因此，作者對於明朝中期通州的政治、經濟、軍事等方面有争議問題的獨到見解，在書中時有流露。如卷三漕運志之漕渠、糧額後，卷四貢賦志之馬政、課程、驛傳後及卷六官紀志之戎帥之通州分守後，作者都針砭時弊，提出自己的觀點。但是，楊行中也乘便把他的親族師友甚至他自己也記到書中，自違其見存者不記載之例。另外，卷十一、卷十二人物志，時而先列選舉、歲貢等細目後按州、縣列，時而先列州、縣後列細目，層次混亂。此次整理做了適當調整。

此書初刻本字迹不清，《康熙通州志序》稱其「剥落殆盡」。另外，此本亦有補刻，補刻與原刻字迹區分明顯，如卷十二藝文志李貢《并三河驛序銘》中插補隆慶年間熊養中《重刻户部分司題名記》，從而將前文割裂爲二。此次校點整理即以嘉靖二十八年刻本爲底本，并參考《康熙通州志》、《光緒順天府志》、朱彝尊《日下舊聞考》等，對底本缺文和漫漶之處則依據相關記載予以補全描清，并選擇重要的列出校記。

在整個校點過程中，北京市地方志辦公室譚烈飛副巡視員、中國書店出版社馬建農總編輯給予了大量悉心的指導與幫助，在此一并致謝。

劉宗永 丁亥年秋月。

通州志略序

通州舊無志。乃嘉靖乙巳冬，南海東明汪君來守通州，至則動稽往牒，以軌物範民。首以州志問之吏掾，吏掾曰：「不知也。」既而詢之里胥，里胥曰：「何謂志也？」乃從而訪之鄉士大夫，則皆曰：「此吾鄉缺典也。」東明君詫然嘆曰：「郡縣必有志，徵一方文獻也。匪志胡徵？匪徵胡信？志胡可少哉？」乃謀之二守張君仁、節判施君天爵，相與議於州學正張君應瑞，司訓劉君從諫、何君世熙、鞏君有年。僉曰：「是誠不可無也。」適余以制家居，乃相與謁余而請。余曰：「志，古史之流也。事則該乎古今，文則資乎考質，義則存乎鑒戒，非博學能文而具藻識者不能也。顧予何敢。」東明君與衆固請之，辭不獲。乃延郡庠吴生邦重、蔡生天禄、馬生遂，王生宗智、張生德元，相與搜羅往籍，參互考訂。而當代之事，東明君則檄之六掾，咨之列司，牒之屬邑。坊里鄉鎮，則令義民王紳遍詣訪之。經始於丙午冬，至丁未十月再稿甫就，予乃服闋。未幾，奉詔而起矣，東明君遂索稿。乃申之巡撫御史中丞東穀孫君、巡按侍御雲竹王君，皆曰可。即就梓矣。乃皆走書屬予序之。余實非能志者而强勉应事，方欲表見己意，敢以不文辭耶？竊惟作天下之事本乎機，而成天下之事存乎會，機以動之，會以合之。古今之所有事，率由是也。

通州自秦而上，地隸幽燕，未有建置也。漢初，於此置潞縣，至金乃升爲通州。上下千百餘年，雖代有沿革，而天文地理之顯設，物理人事之形見，班班有之。莫爲紀焉，則事往即亡。間或散見於簡籍，亦不能存十一於千百耳。國家建萬世之業，於今百八十餘年矣。我成祖定鼎幽燕，通州爲畿輔首地，四方舟車輻輳於此，禮樂名物，視天下爲甲焉。典守者不知凡幾，然皆隨時以就功名，得遷而去，視其州若傳舍然。州志未聞有問之者。問則作，作則傳矣。汪君以《周易》擢魁嶺表，筮仕維揚之海門縣，以循吏稱。乙巳，吾通知州員缺，銓曹以其地當天下要劇，重惟得人，乃擢東明君而任焉。東明爲政，凡事務求其本。下車首以志書爲問，而一時詢謀僉同，翕然舉事，甫周歲而稿成。兹不爲地方一大機會耶？然事莫難於創始，而美則待於續成。兹舉也荒采於往昔者，陋遺實多；掇拾於見聞者，疑信相襲。博雅君子，後必有作之者，故名其書曰《志略》，尚有待焉。是爲序。

嘉靖己酉仲春朔日，賜進士第嘉議大夫都察院左副都御史郡人楊行中書。

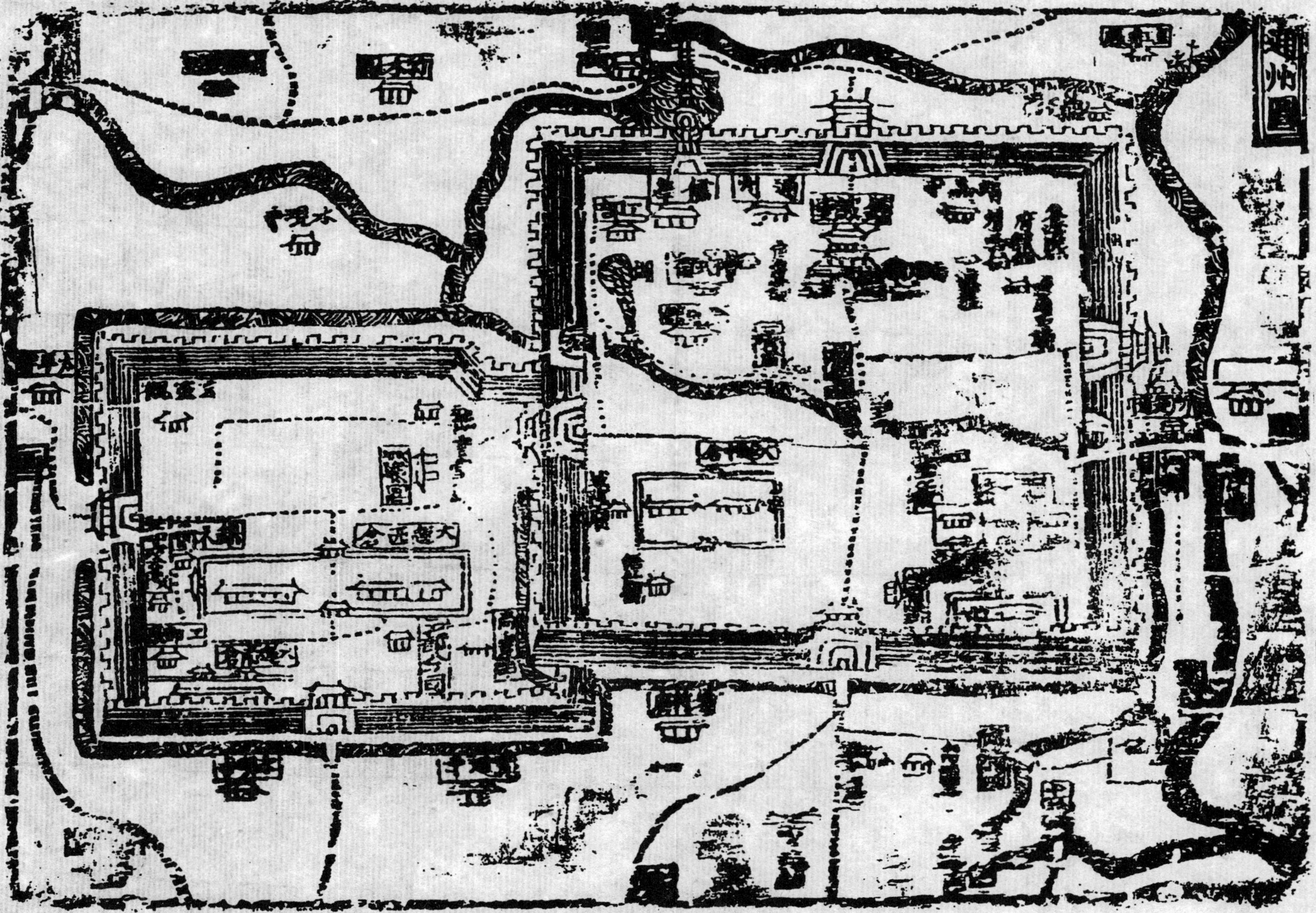

通州圖

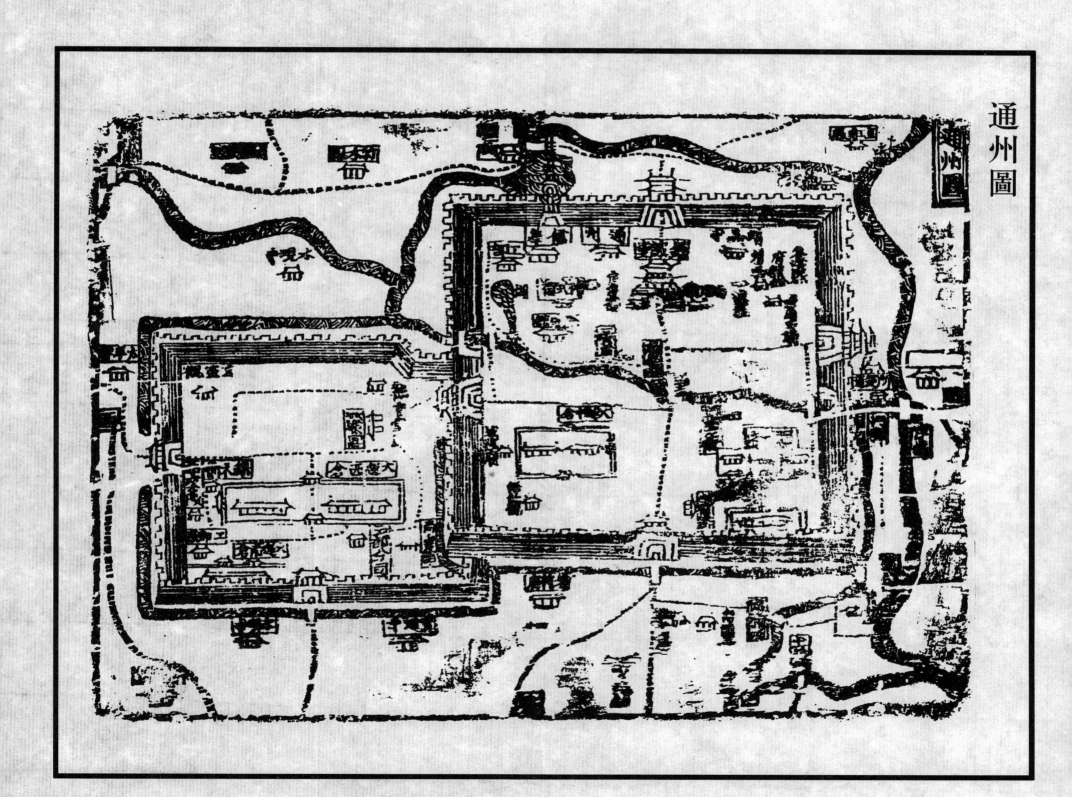

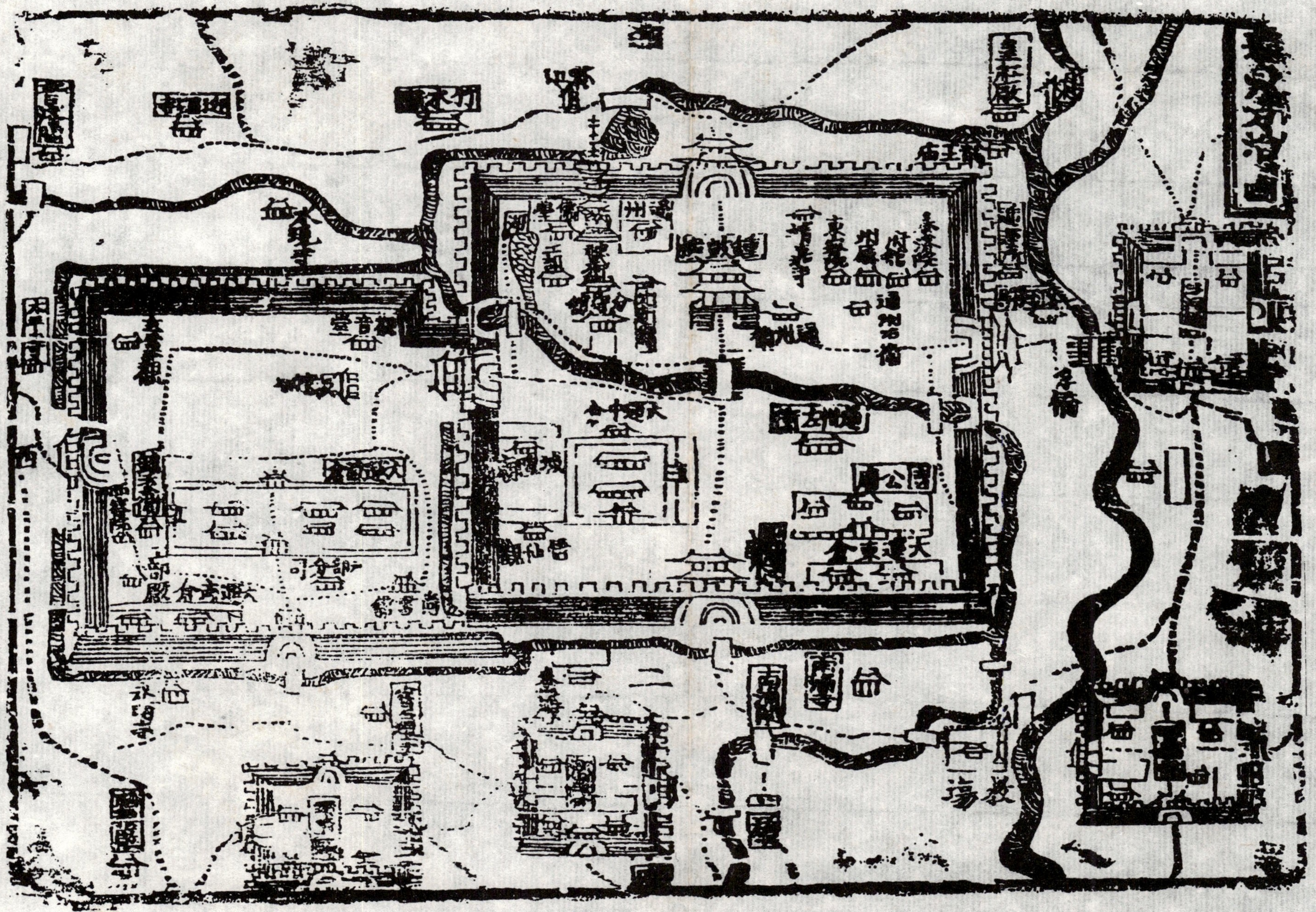

通州分治圖

三河縣圖

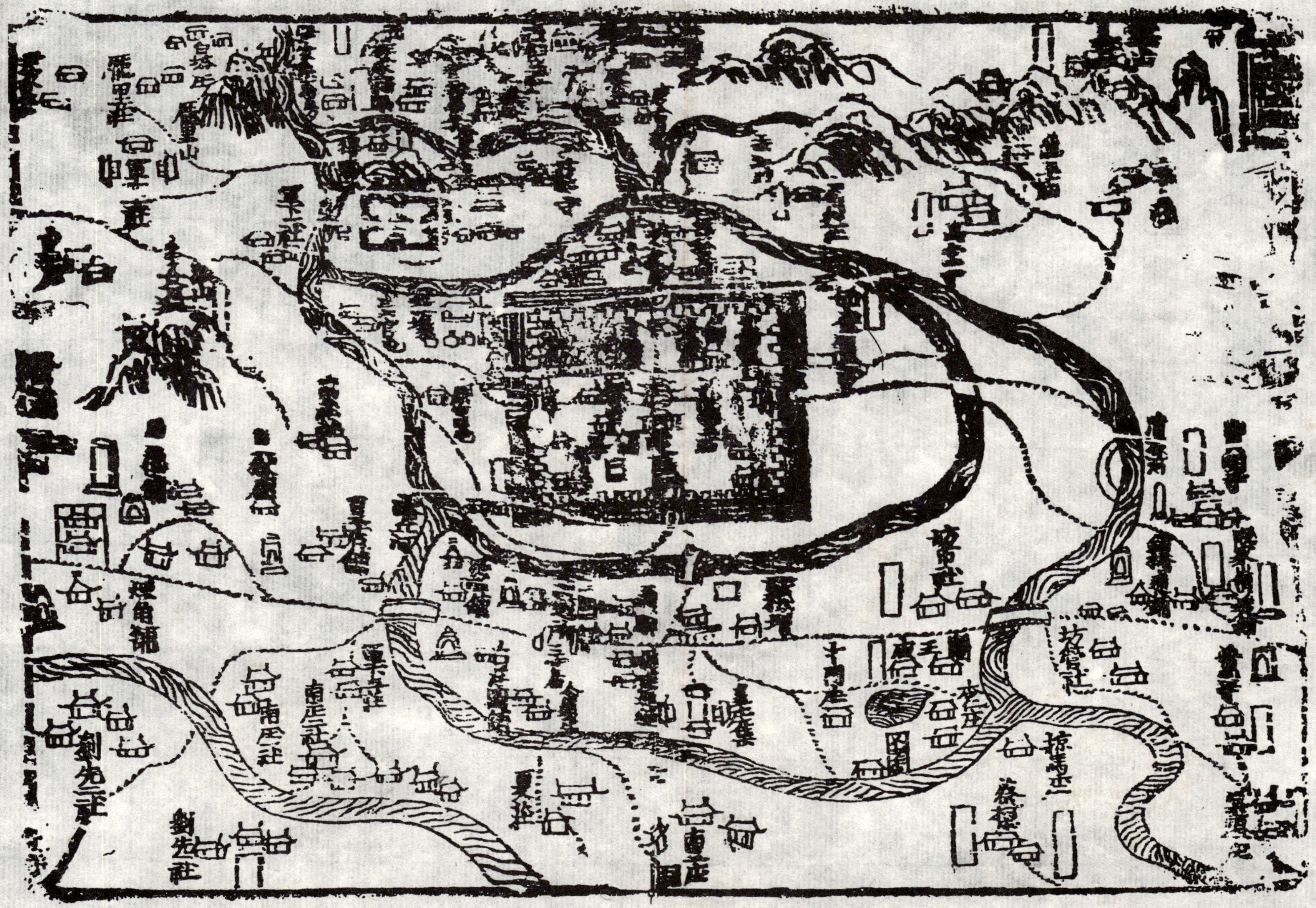

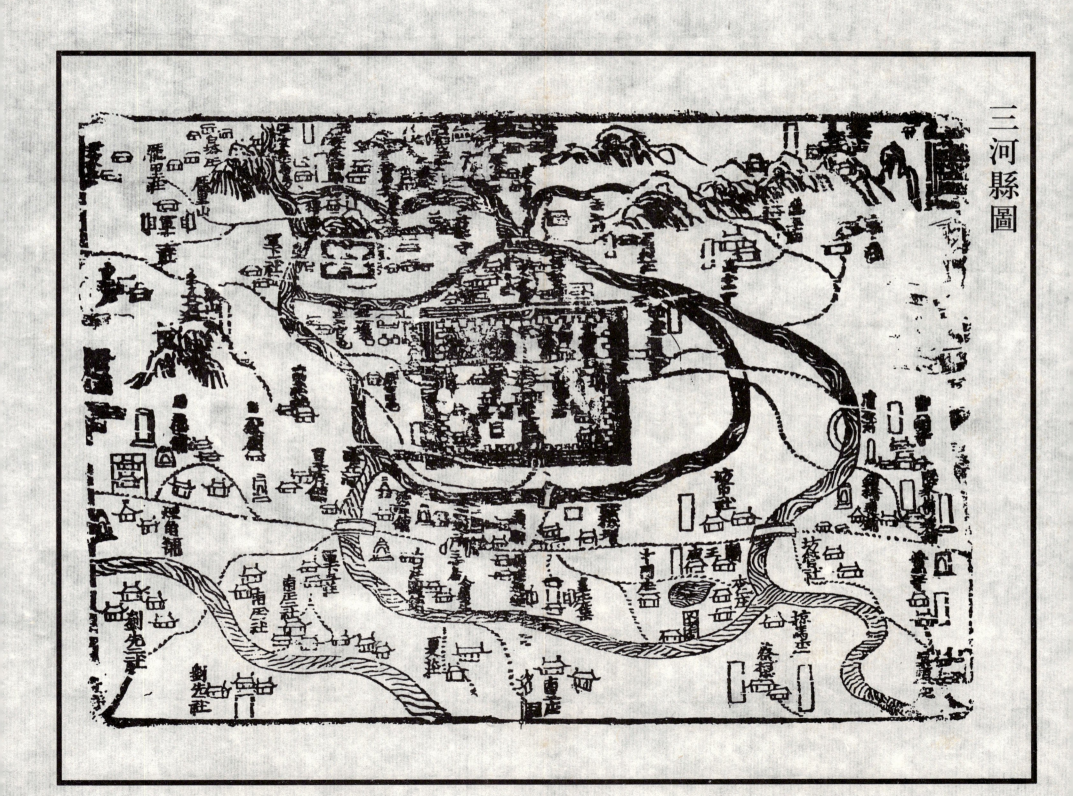

漷縣圖

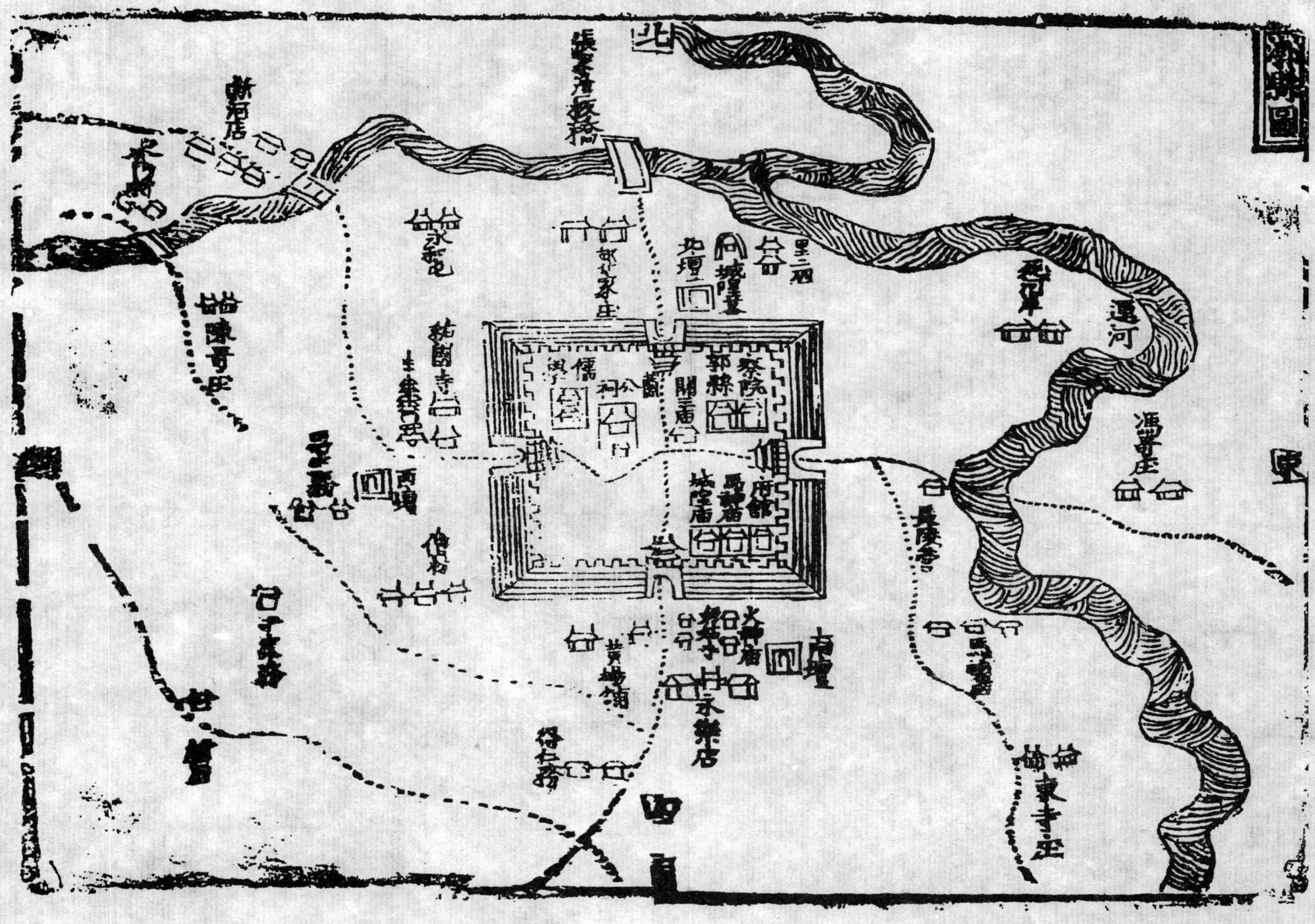

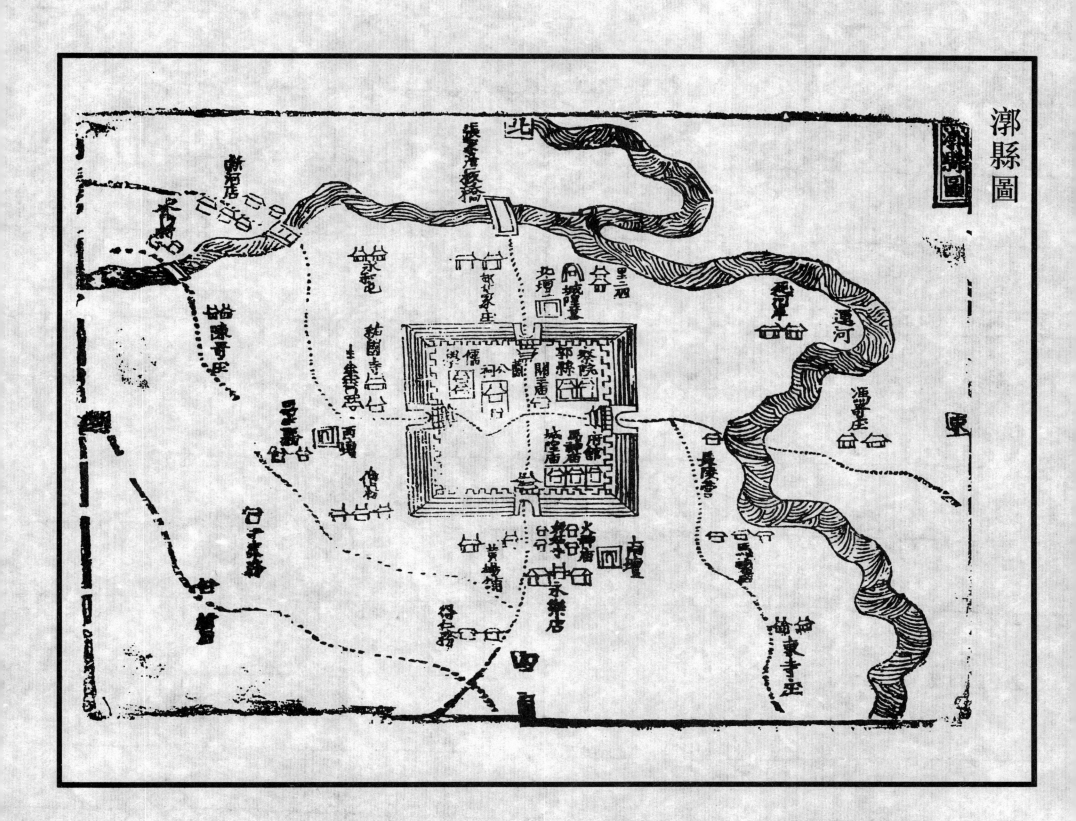

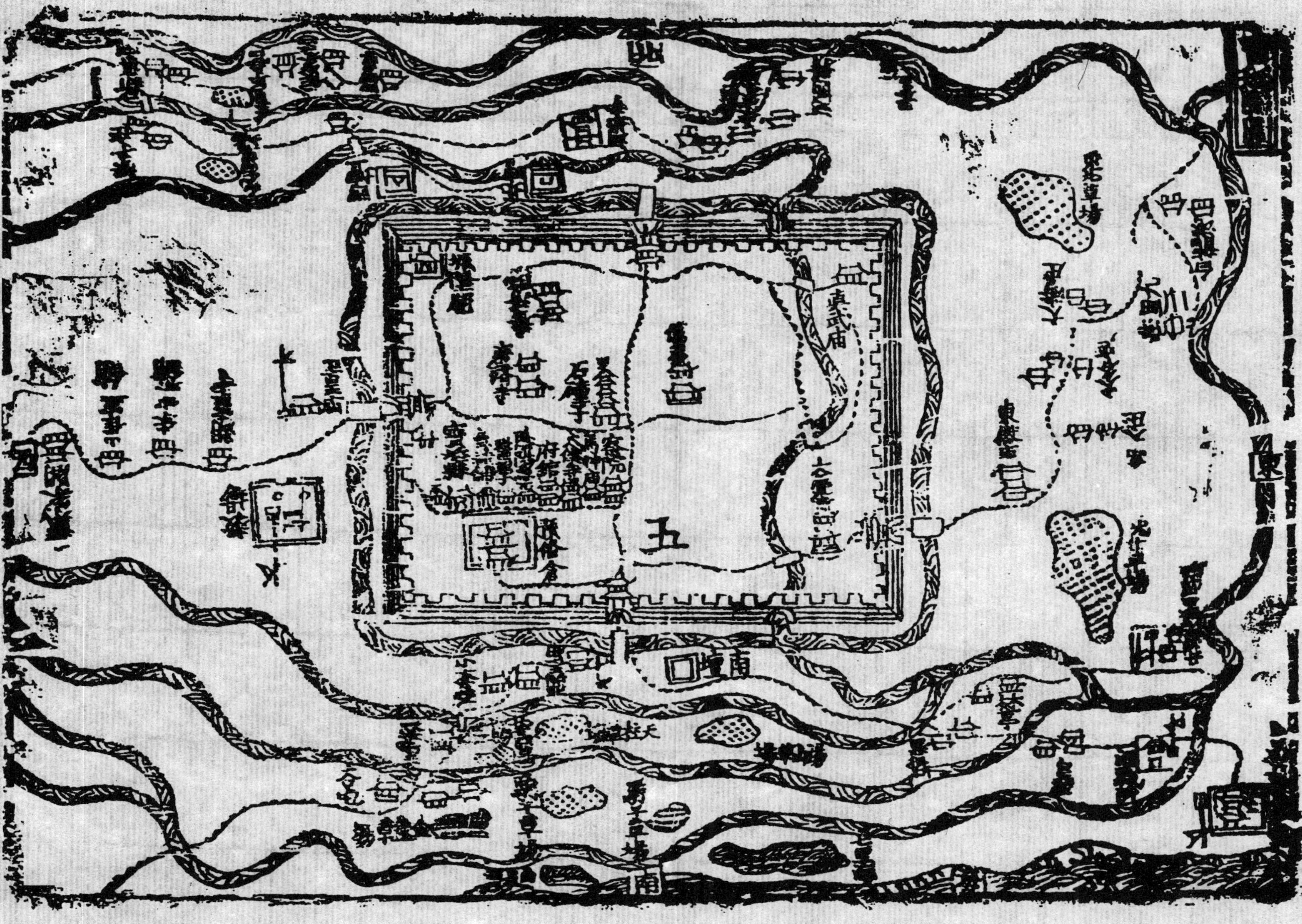

寶坻縣圖

武清縣圖

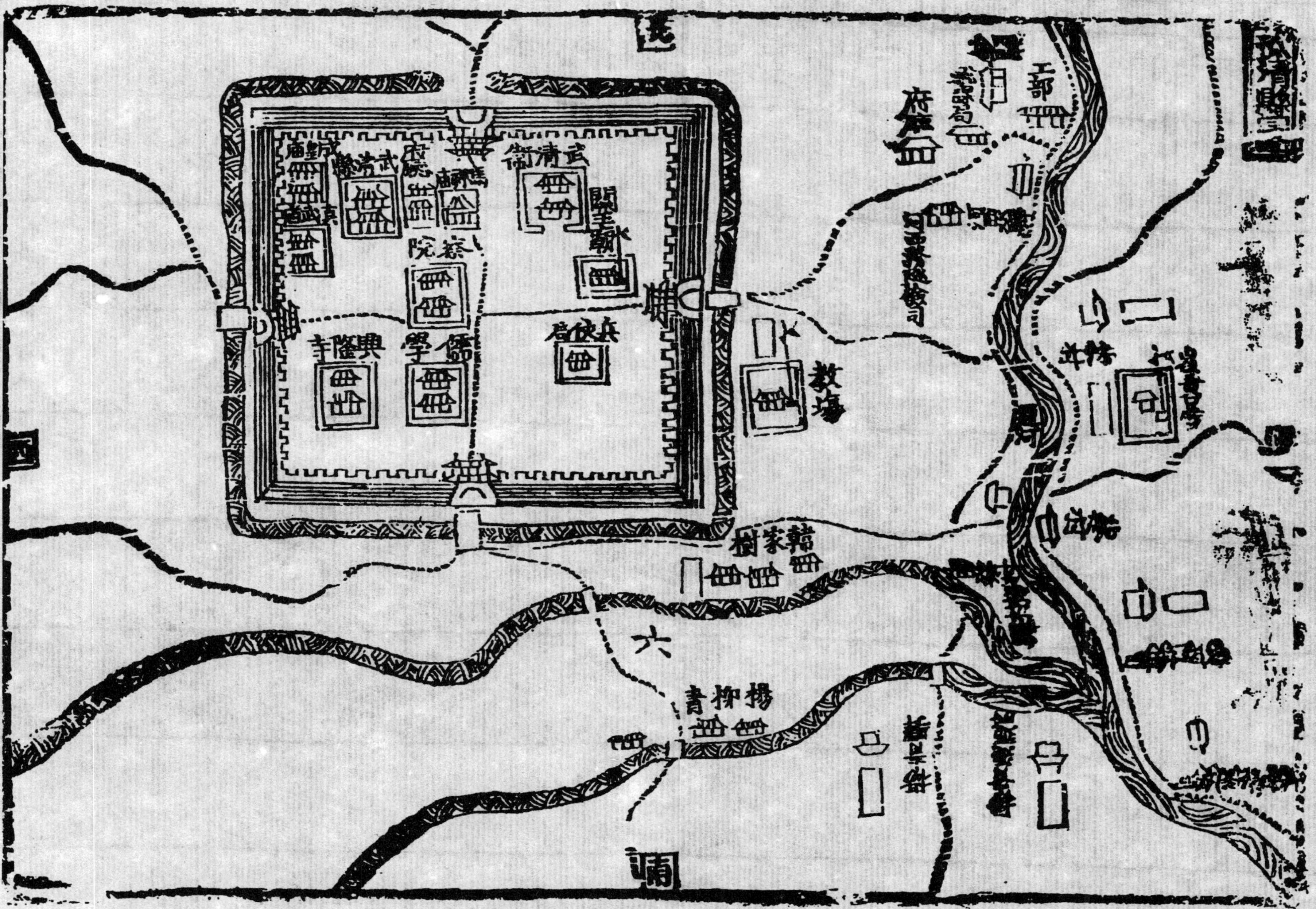

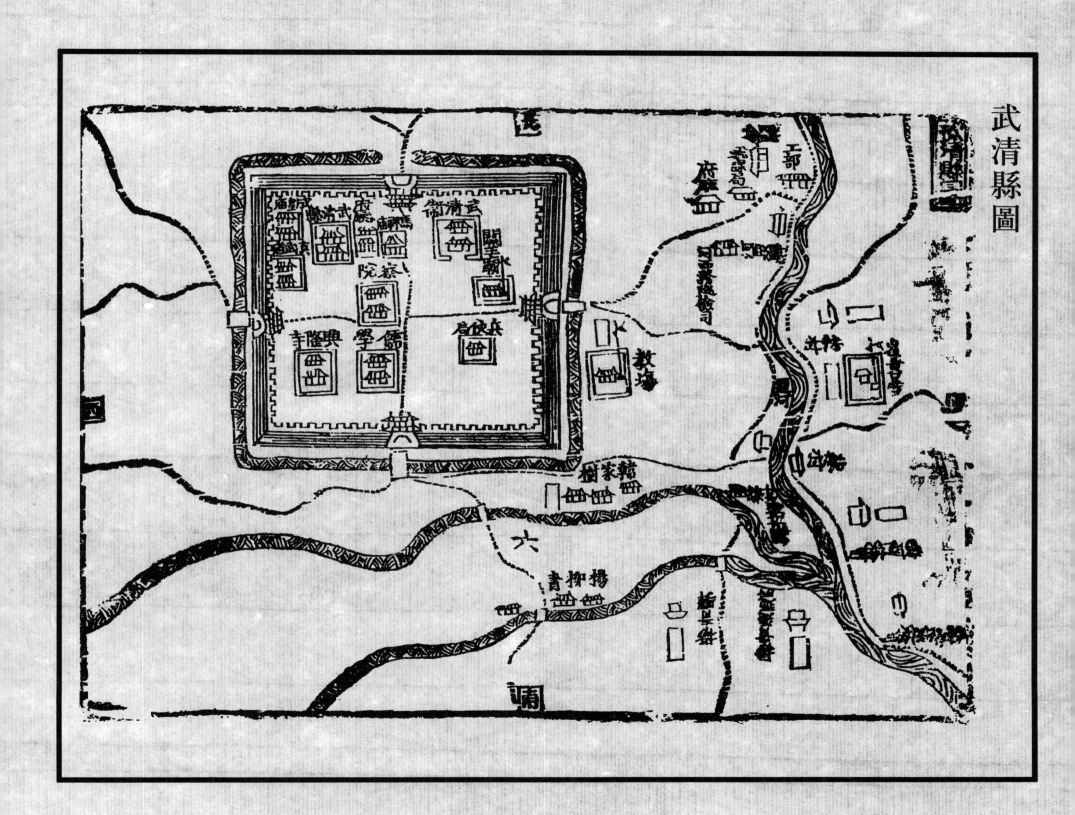

《通州志略》凡例

通州舊無志。弘治間，州人周通曾創爲稿，所具皆當今之事，今略采用之。三河、武清、漷三縣，則據該縣造報文册，實坻縣原有志，今多準之。其古今事迹則本之二十一史，參之杜氏《通典》、《文獻通考》、《方輿勝覽》及《大明一統志》焉。

《志略》爲綱十有三，爲目七十有六。綱下各爲小序以見意，目下事有應言者，亦略具數語。其各事迹，或沿革利弊關涉政務者，間亦隨事具文，竊附己意。其事無應言及無所關涉，不一一例具也。

名宦惟志其離任者，鄉彦惟志其已殁者，其在任見存者，惟備其歷履，外不敢别加一語，蓋事本論定，且避嫌也。

志述事迹，在州則詳，於縣則略，蓋志爲州作，縣亦自應有志也，體固當然耳。

孝義貞節，處處多有。今所志惟據其曾經旌表者耳，餘不敢具，恐不能盡信也。

目下事迹，有州有而縣無者，有此縣有而彼縣無者。今惟志其有者，無則闕之，以俟再考。

〔注一〕「部」，疑衍。

通州志略卷之一

郡人楊行中纂輯

輿地志

山川奠位，疆域攸分。惟造設之成於天者，亘古今而不殊，而區別之由於人者，隨時代而互异。然遺事陳迹，間有不與世俱往者，通用紀之。爲輿地志。

沿革

通州，在古爲高陽氏所都畿内之地。顓頊都帝丘，其地北至幽陵。唐堯時，屬冀州域。虞舜時，以冀州地廣，分冀之東北爲幽州，此屬幽州。夏商，省幽入冀，此仍爲冀州地。至周武王克殷，封召公奭於燕，此屬燕。春秋戰國，俱爲燕地。秦并天下，置漁陽郡，此屬漁陽。至漢初，始置潞縣，仍隸漁陽郡。武帝置十三州，此爲幽州屬縣。王莽改通潞縣，置通潞亭。後漢，仍爲潞縣，屬幽州，隸漁陽郡部。〔注一〕晋，屬燕國。後魏，屬漁陽郡。隋開皇初，改屬涿郡，俱爲潞縣。唐武德二年，更置玄州，領潞、漁陽二縣。貞觀元年，廢玄州，復爲潞縣，屬幽州，隸河北道。五代梁因之，後唐趙德鈞鎮幽州，因契丹寇抄諸州，乃城潞縣而戍之。至後晋，石勒以其地賂契丹，建燕京，此仍爲潞縣屬焉。（契丹改國號曰遼。）至金滅遼，於宋宣和四年，以其地歸宋，仍爲潞縣，屬燕山府。至七年，金復取之。金天德三年，始升爲通州，取漕運通濟之義，領潞、三河二縣，潞縣爲倚郭。元仍舊，屬大都路大興府。國朝初，武寧王徐達兵至，歸附。洪武間，以潞縣省入，仍爲通州，隸北平布政司北平府。永樂間，建都北京，改北平府爲順天府，州首隸焉，領三河、武清、漷、寶坻四縣。

三河縣，本漢漁陽郡地。唐武德二年，析潞縣地置臨朐縣，屬幽州。貞觀元年，復省之。開元四年，更置三河縣，以地近七渡、鮑丘、臨朐三水，故名。後隸薊州。遼仍舊。金元俱隸通州。國朝因之。（按：《一統志》稱三河縣本漢臨朐地，及考兩漢《地理志》，俱無臨朐縣名，兹從今考。）

武清縣，本漢雍奴縣。四面有水曰雍，不流曰奴，故名。隸漁陽郡。晉屬燕國。隋屬涿郡。唐屬幽州，天寶元年，改爲武清縣。五代、宋、金皆因之。元初屬大興府，尋割隸漷州。國朝改屬通州。

漷縣，本漢泉州縣地，屬漁陽郡。晉屬燕國，後廢。遼太平中，於漷河之南，置漷陰鎮，後改爲漷陰縣。金因之，屬大興府。元初，仍屬大興府，後升爲漷州，隸大都路。國朝改爲縣，屬通州。

寶坻縣，本漢泉州縣地。後唐於此置鹽倉。金初爲新倉鎮，大定十二年，始置寶坻縣，以境内産鹽，故名。承安三年，尋升置盈州，以香河、武清隸焉。尋廢州，復爲寶坻縣，屬大興府。元隸大都路。國朝改屬通州。

郡名

通州曰潞陽，舊名通川。三河縣曰臨朐。武清縣曰雍奴。漷縣曰漷陰。寶坻縣曰渠陽。

星野

按：《帝王世紀》曰：「自尾十度至斗十度百三十五分而終，曰析木之次，於辰在寅，謂之攝提格，於律爲應鐘，斗建在亥，今燕分野。」漢劉向言：「燕地，尾、箕之分野。自尾四度至斗六度，謂之析木之次」。《爾雅》曰：「析木謂之津。」釋者謂天漢之津梁爲燕。晉《天文志》云：「自尾十度至南斗十一度爲析木，於辰在寅，燕之分野。」又《州郡躔次》云：

「尾、箕、燕、幽州。」三河、武清、漷、寶坻四縣，分野大抵同此。

形勝

通州，上拱京闕，下控天津。潞渾二水夾會於東南，幽燕諸山雄峙於西北。地博大以爽塏，勢雄偉而廣平。實水陸之要會，爲畿輔之襟喉。舟車之所輻輳，冠蓋之所往來。蘇秦所謂「天府之國」，唐杜牧所謂「王不得不王，霸不得不霸」，《寰宇記》所謂「箕星散爲幽州，分爲燕國，南通齊趙，爲一大都會」，皆其地也。

三河縣，北倚靈山，南臨泃水，東連遼海，西拱京闕。

武清縣，潞水東環，盧溝西注，南望海門而潮汐時通，北倚燕塞而烟嵐遠布。

漷縣，運河出其東南而萬舟經泊，漷水環於西北而三派分流。

寶坻縣，東漸滄海，西接漷潞，南通天津，北抵雲薊。三山擁峙，四川縈迴。

景致

通州八景

古塔凌雲 塔在城内州治西北。按斷碑所載，爲燃燈佛舍利寶塔，唐貞觀七年建，歷五代遼金宋元凡十世矣。峻凌雲霄，扃窗洞豁，皆極奇巧，實一郡偉觀也。

長橋映月 橋在州城西八里，名曰永通。正統間建。跨通惠河，橋長百步，横亘河上，石欄旁植，蜺獸迴旋。皎月當空，光映上下，亦一佳景也。

柳蔭龍舟 城北五里許，河水縈迴，官柳民田，陰森掩映，黄艇千艘，彩飾龍鳳之形，常泊於此，名曰黄船塢是也。

波分鳳沼 即通惠河也。源自玉泉山，會西湖，流入禁城，匯爲太夜池，南出都城，至大通橋東下。波流演迤，夾堤緑柳，帆檣往來，直至通州。歷東西二水門，東南入潞河。

高臺叢樹 臺在州城西二十里。相傳國朝武寧王徐達駐軍所築。成祖曾駐蹕於此。林水扶疏，遠近相望，舊名將臺是也。

平野孤峰 在州城東三十里。四面平曠而一山屹立，名曰孤山是也。

二水會流 白河之水自潮河川，而富河之水自白羊口，二水至州東北合而爲一，以入運河。沙嘴斬然如削，天造奇觀也。

萬舟駢集 州城東自潞河驛以南至長店四十里，水勢環曲，官船客舫，漕運舟航，駢集於此。沙鳥汀蘋，村居岸柳，望之可入圖畫焉。

三河縣八景

靈泉漱玉　聖水流舟　七渡晴瀾
孤山獨秀　南塘落雁　北兔歸樵
駝嶺春雲　月波秋露

武清縣八景

琴堂雙桂　泮宫甘泉　譙樓晚照
西山雪霽　鳳臺春曉　寶塔凌雲
長堤細柳　海門春浪

漷縣八景

泮宫古槐　禪林寶塔　白河漁舟
春郊烟柳　駐蹕甘泉　晾鷹舊臺
長堤回燕　遠浦飛鴻

寶坻縣八景

東寺曉鍾　北潭秋月　夏霧銀鮮
晴棲碧障　石幢金頂　蘆臺玉沙
秦城烟樹　拱都池蓮

疆界

通州

東至薊州治一百二十里，南至天津衛治二百

一十里，西至良鄉縣治一百里，北至居庸關一百一十里。至京師四十里，至南京三千四百里。東到三河縣界二十五里，東南到香河縣界五十里，南到漷縣界二十里，西南到永清縣界四十五里，西到大興縣界二十里，西北到昌平州界三十五里，北到順義縣界五十里，東北到平谷縣界五十里。

三河縣

東至薊州界段家嶺二十里，南至香河縣界佃[注二]子里三十五里，西至通州界燕郊五十里，

[注一]《康熙三河縣志》作「甸」。

北至密雲縣界胡家營五十五里。東到薊州治七十里，東南到寶坻縣治九十里，南到香河縣治六十里，西南到漷縣治七十五里，西到通州治七十里，西北到順義縣治九十里，北到密雲縣治九十里，東北到平谷縣治四十里。

武清縣

東至寶坻縣治九十里，南至靜海縣治二百五里，西至良鄉縣治一百七十里，北至漷縣治七十里。東到寶坻縣界西載村五十五里，東南到天津衛一百二十里，南到靜海縣界楊柳青一百三十里，西南到東安縣界五十里，西到東安縣界棗林莊二十五里，西北到大興縣界一百二十里，北到漷縣界三十里，東北到香河縣界七十里。

漷縣

東至香河縣治四十里，南至武清縣治七十里，西至良鄉縣治一百四十里，北至通州治四十里。東到香河縣界白家浮二十里，西到通州界新河二十五里，南到武清縣界水火鋪四十里，北到通州界宋家鋪一十里，東北到三河縣九十里，東南到楊村四十里，西南到東安縣一百一十里，西北到順天府八十里。

寶坻縣

東至玉田縣治九十里，南至天津衛一百六十里，西至香河縣治六十里，北至薊州治九十里。東到玉田縣界五十里，東南到海口二百里，南到滄州界二百里，西南到武清縣界三十五里，西到香河縣界三十里，西北到三河縣界三十五里，北到薊州界十五里，東北到遵化縣界九十里。

山川

州

孤山 在州城東三十里。平原曠野，一峰挺秀，故名。

潞河 源出塞外，流入密雲縣地方，與潮河川合，流經州城東北，東會直沽入海，即漕運南北大河也。俗名白河，以兩岸沙白，寸草不生，故名。

富河 在州城北。源出口外，自白羊口入，流爲榆河，下流爲沙河，經順義縣界，流至州城東北，會白河。

白沫河 在州城北。源自京清河，合東直門外輿道泉溝潦河，流爲白沫，入富河。

通惠河 舊名大通河。源自昌平州白浮村神山泉，出西南，匯爲西湖，東入都城，入内府，南出玉河橋而東，合南北城河，由大通橋東下，至州城西水門流入，出東水門而□至高麗莊，入潞河。

渾河 在州城南。源出西山桑乾山，流經盧溝橋，下至看丹口分爲二派，其一流至州南高麗莊，入潞河，今張家灣入潞之處，名渾河嘴是也。

養魚池 在舊城南門外，即城河也。舊時蓄水養魚，荇藻繁茂，今池廢，地仍呼舊名。

泥泮河 在州城南四五里，闊僅二三尺。源出□□。〔注一〕

金盞兒淀 在州城北二十五里。廣袤三頃，水中有花，開似金盞，今廢爲馬房地。

〔注一〕《康熙通州志》作「源無考」。

張家灣 即潞河下流。相傳元時有萬户張姓者居此，因名。

七級龍潭 在州城東二十里。有池廣袤頃許，深處淵澄不可測，每雨，風雲壓潭，俗傳龍來取水。遇歲旱，禱雨常應。

珠浦港 在州城東北二十五里。港内蓮藕萍草生焉。

牛家務河 在州城東潞邑二鄉地方。源自牛欄山，流經西趙村，由婦人莊過絳橋，至王家擺渡入潞河。一名絳河。

三河縣

靈山 〔注一〕在縣北十五里。山足三面有泉，清冽可愛。

華山 在縣北三十里。一名兔兒山，出花班石。

聖水山 在縣西北三十五里。上有聖水，可愈眼疾。

駝山 在縣北六十里。形似駝，故名。

□□山 在縣北三十里。

石城山 在縣北五十里。山上有石城，故名。

青梁山 在縣北五十里。

朐河 源出平谷縣界，經本縣北流入寶坻縣東。臨朐縣以此水名。

鮑丘河 水經源自御夷北塞，南流逕九莊嶺，過密雲縣，南合道人溪，至通州米莊村，合沽水，經本縣界入朐河。

泇河 源出密雲縣石峨山，經本縣東南入朐河。

武清縣

直沽 在縣東南。衛河、白河、丁字沽合流於此，入於海。

三角淀 在縣南。周圍二百餘里。或云即古之雍奴。《水經》云：「雍奴者，澤藪之名。四面有水曰雍，不流曰奴。」其源自范甕口。王家陀河、掘河、越深河、劉道口河、魚兒里河，諸水所聚，東會溢沽港，入於海。

清沽港 在縣南八十里。西接安沽港，東合丁字沽，入於海。

〔注一〕山名據《幾輔通志》補校。

漷縣

延芳淀 在縣西。廣數百畝，中多菱芡、芰荷、鵝鶩雁鴇之類，遼主每季春弋獵於此。擊鼓驚鵝，鵝起，遼主親放海東青鶻擒之以爲樂。

白河 即潞河，經本縣東境。

新河 舊名漷河，在縣西二十五里。源出桑乾，經盧溝橋，分爲三派，漷河其一也，入白河。一分流於縣南二十五里，名新莊河，注於武清縣韓村。一分流於縣北八里，名黄漚河，東注於馬家莊飛放泊。

寶坻縣

潮河 今名白龍港，在縣東二十里。□□□古北口，由潮河川入，分派一□□□□□入海。

柳枯河 在縣東南八十里。源出玉田縣界，入白龍港。

渠河 在縣東南。自香河縣東流至本縣城北，又折而南，逕縣城南，與白龍港合流入海。

坊里

通州，永樂十年，審造版籍，土民共二十七里。二十年，益以編發遷民九屯，連舊共三十六里。宣德七年，又益以遷民八屯，舊土民歸并三里，共四十一里。正統七年，又歸并土民一里，歸并遷民六屯，共三十四里。景泰三年，又歸并土民一里，遷民一屯，共三十二里。天順六年，歸并土民一里，共三十一里。成化八年，造册仍舊。弘治五年，歸并土民四里，遷民一屯，共二十六里，至今因之。

州城内東北與城外東北二關廂，進士一坊，

進士二坊。

州城内西南與城外西南二關廂，□□坊。

州城東與東北，潞邑一鄉，潞邑二鄉。

州城東南，孝行一鄉，孝行二鄉，孝行三鄉。孝行一屯，孝行二屯，甘棠鄉。

州城東與東北，富豪一鄉，富豪二鄉，永安屯。

州城南，兆善鄉，高麗莊，高麗屯，永盛屯。

州城南與西南，東石鄉，青安鄉，青安屯，永隆屯，永豐屯，永富屯。

州城北與東北，安德鄉，永貴屯。

州城西，朝陽關。此皆各處流寓人民無常業，不應賦役，止解送囚徒。

州之坊里

國朝初至宣德以漸，而益爲里四十有一也。後浸減并，至今僅二十六里矣。然且里無全甲，甲無全户，行將造册，又不知當并爲幾里也。

三河縣二十里。

坊市社　坊管社　南塞社

李村東社　英城社　北宮社

洳口社　王會社　德勝社

軍下一社　軍下二社　軍下三社
南莊一社　南莊二社　南莊三社
劉先一社　劉先二社　順慶屯
福慶屯　庶付屯

武清縣十五里。

坊市一里　坊市二里　坊市三里
崔一里　崔二里　崔五里
丘家莊里　河西務里　趙甫莊里
尹兒灣里　灰堝口里　魚市莊里
石家莊里　坊市屯　安本屯

漷縣永樂間，編一十五里屯，至成化八年，并爲一十里屯。

坊市里　塘頭里　定安里
新河里　田陽里　永樂里
永寧屯　永和屯　時慶屯
時康屯

寶坻縣四鄉、三十里屯。

海濱鄉在縣東，轄五里一屯。
慈恩里　孝行里　蘆臺里
興保里　居仁里　樂耕屯
廣川鄉在縣南，轄六里二屯。

和樂里　三岔里　好禮里

尚節里　寧海里　嘉善里

勤有屯　屢登屯

望都鄉 在縣西，轄六里二屯。

謹節里　安盛里　務本里

廣孝里　進賢里　新得里

景和屯　嘉穀屯

渠陽鄉 在縣北，轄六里二屯。

厚俗里　敬睦里　新安里

崇智里　仁壽里　得義里

嘉禾屯　時雍屯

坊表

輔政坊 在州治東。

弼教坊 在州治西。

京東首郡坊 在州治南。

澄清坊 在新城西門內，巡倉察院建。

錦衣坊 在巡倉察院東，錦衣衛坐季捕盜千百户公館建。

若工坊 工部修倉分司建，在分司東。

建辟坊 在工部修倉分司西。

少司空坊 在舊城鐘鼓樓□□□□□□□□□建。

誥封坊 在舊城東門内大街，爲誥封右僉都御史楊晹建。

都憲坊 在舊城東門内大街誥封坊西，爲都察院右僉都御史楊行中建。

方伯坊 在舊城北門内大街，爲山西右布政使汪獲麟建。

繡衣坊 在舊城東關廂，爲陝西道監察御史楊行中建。

邦伯坊 在少司空坊南，爲湖廣德安府知府張子束建，火毁址存。

進士坊 在舊城中牛市寸李街南口，爲南京吏部驗封司主事錢濟時建。

誥贈坊 在牛市十字街北口，爲誥贈太僕寺卿李浩建。

節婦坊 在鐘鼓樓前米市街，爲節婦韓氏建。

六世同居坊 在米市街，爲定邊衛千户韓鵬建。

貞節坊 在雜糧市街，爲生員孫禄妻吴氏建。

烈婦坊 在舊城西門外，爲許紳妻葉氏祠堂建。

節婦坊 在舊城西水門内河北岸，爲定邊衛指揮吴鉞妻張氏建。

孝行坊 在舊城南關廂十字街以東，爲孝子孫雄建，今廢。

文武聯芳坊 在舊城米市街迤西，爲舉人莫昂、千户莫鏊建。

進士坊 在張家灣新板橋邊，爲進士畢鉞建。

納言坊 在張家灣麯店街，爲通政使蔡子舉建。

三河縣

鄉貢進士坊 爲邢謹建。 柱史坊 爲劉金建。 繡衣坊 爲邢昭建。 進士坊 爲邢昭建。 進士坊 爲王俸建。 進士坊 爲王楊建。 進士坊 爲王楠建。

武清縣

進士坊為王維垣建。

漷縣

董尚書坊　李侍郎坊　岳翰林坊以上三坊俱廢，惟遺址在。

節婦坊為生員董恕妻李氏建。

寶坻縣

善教坊在城中。　折桂坊為舉人薄弘建。　登科坊為舉人楊庸建。　登瀛坊為舉人高安建。　登雲坊為舉人劉厚建。　登梯坊為經魁魏壽建。　解元坊為王鏜建。　綉衣坊為王傅建。　進士坊為芮釗建。　鵬舉坊為舉人王翱立。　奎光坊為舉人劉天爵建。　文耀坊為舉人芮釗建。　折桂坊為舉人劉奎建。　攀桂坊為舉人楊芮建。　世芳坊為舉人呂循矩建。　進士坊為王傅建。　綉衣坊為進士魏景釗建。　登雲坊為舉人呂欽建。　升士坊為王傅建。　世科坊為舉人芮元進建。　登俊坊為舉人楊文進建。　雄飛坊為牛魯建。　折桂坊為經魁楊謙建。　步蟾坊為舉人孫鼐建。　朝陽坊為舉人薛鳳鳴建。　進士坊為薛鳳鳴建。

市集

古之為市者，以其所有易其所無，有司治之耳。今州城日日為市，在縣城則有期，而鄉村惟通衢大鎮之處，則有市集，亦各有□□□□□□□。

州

米市在鐘鼓樓前。　雜糧市在牛市東。　果市在東門內以東。　布縷市在閘橋北。　雜貨市在閘橋南。　柴市舊在北門大街，今在南門內大街。　牛市在城中心十字大街。　驢馬市在雜糧市東小巷內。

猪市在舊城南門外。已上俱在城。張家灣在州城南一十里，南北水陸要會之處。人烟輻輳，萬貨駢集，爲京東第一大馬頭，日日爲市。西義集在州城東南四十里孝行二鄉地方，每月二七日集。蕭家林集在州城東南五十里孝行三鄉地方，每月四九日集。弘仁橋集在州城西南四十里東石鄉地方，每月四九日集。已上俱在鄉。

已上市集，各有分地，而在城酒坊、食店，則處處有之。至如牛市大街，及舊城四門、新城二門，各近門內外，則聯坊列肆，絃唱相聞，車馬駢集，更繁盛焉。

三河縣

南店集在縣南門外，東西約三里許，軍民叢寓。東自遼海，西至京師，居人行客，往來貿易萃焉。夏店集在縣治西三十里許。燕郊集在縣治南五十里，每月六日集。

武清縣

在城市在縣東至南。河西務在縣東北三十里。烟火千家，南北舟船往泊，商賈輳輻，亦一大馬頭也。日日爲市。中奕集在縣東三十里。崔黄口集在縣東南五十里。楊村集在縣南五十里。蒙村集在縣東二十里。蔡村集在縣東南三十里。楊柳青集在縣南一百二十里。東敗集在縣西二十五里。

漷縣

得仁務集在縣南三十里。

寶坻縣

東街每月遇一日集。南街每月遇三日集。西街每月遇伍日集。北街每月遇七日集。東門街每月遇九日集。仁賢街每月遇八日集。已上市在城。侯家營集在縣北三十里，每月二八日集。

[注一]據《乾隆通州志》「京城」之前脱「通」字。

州　古迹

通潞亭　在州城東南。王莽置，見《漢書》及《一統志》。

安樂故城　在州城西北。漢舊縣，見杜氏《通典》及《方輿勝覽》。

平谷故城

以上三迹，今遺址莫考所在，緣出舊典，仍存之。

將臺　有三，一在州城西。國初，武寧王徐達建以駐軍。或又曰唐薛仁貴征遼，駐兵於此，以席壘土爲臺。其一在城北，京城東直門中路，[注一]俗傳慕容氏拜將臺也。

寶塔　在州治西。詳前八景，即古塔凌雲也。

古城　在城東八里。□□□□□□□□之城。

虛糧臺　在州東甘棠鄉地名堤子里，有臺十餘座。相傳前代駐兵於此，與敵相對，因軍中乏糧，虛設此臺，以張積糧聲勢。

長店運河　在州城北安德鄉，有通衢曰長店。店南河源自元舊京城，流出東南，入潞河，元□漕運所歷，自此抵京，置壩潴水，以□舟楫。

長城崗　一在州城北三四里，俗傳秦蒙恬所築遺址也。一在州城南十里，迤邐直達漷縣西南，築代莫考。

乾水門　在舊城西門以北，門已砌塞，門外有額書成治門三字。

沙墩　在州城南。沙如山阜，亘古不散，故名。

倒馬坡　在州城北安德鄉。相傳國初平都司倒馬處也。

海子　在安德鄉。水闊頃餘。相傳平都司馬陷於此。

三河縣

錯橋　在七渡河上，今廢。

明道堂在縣學內。金太和間建。今廢。

武清縣

古城在縣東十里。

泉州故城在縣東南四十里。

三角淀在縣南九十里。

武清衛前元之帥府。

田村落在縣東三十里。

漷縣

神潛宮在縣西南二十里。前代后妃從獵行宮也，遺址尚存。

晾鷹臺在縣西南二十五里。前代游獵駐蹕行殿，遺址尚存。

放鷹臺在縣西四里。前元游畋所築，遺址尚存。

長城在縣東北一里。

崔氏園亭在縣南小安村。相傳邑人崔禮仕爲四鄉教諭，金亡，隱居於此，作園亭，盛植花卉自娱。

駐蹕井在儒學西。相傳遼蕭后所鑿。

天宮井在天宮寺。鑿淺而汲深，亦一奇也。

天津橋在縣西二十五里。元總管郭汝梅建。

寶坻縣

軍梁城在縣南二百里。相傳五代梁劉仁恭所築。

梁城在縣東南一百四十里。相傳亦劉仁恭所築。

秦城在縣東南十里。相傳李世民征□□，〔注一〕駐軍於此。

〔注一〕□□，據《日下舊聞考》引《方輿記要》作「高麗」。

蘆臺軍在縣東南一百六十里。後唐同光中，劉守光、劉守文相拒所置。俗又名將臺。

淤泥河在縣西北二十五里。相傳唐將羅士信嘗宿於此。

糧河古海運故道也。元世祖以越海不便塞之，今河形尚存。

歇馬臺在縣南五里。相傳金章宗駐馬於此。

冢墓

州

州境内仕宦□墓□矣，今所紀，但前代者俱存之，我國朝惟奉敕造建者紀之，餘不能盡也。

張節度墓名遵哲，金昭德軍節度副使。墓在州東潞邑鄉地方。

東寧伯墓姓焦名亮，通州衛指揮。洪武間，累功升東寧伯。墓在城北安德鄉地方。

應城伯墓姓孫名巖，通州衛指揮。永樂間，累功升應城伯。在城東潞邑鄉地方。

劉侍郎墓名中敷，在京人。景泰中户部侍郎。墓在城北安德鄉地方。

李侍郎墓原姓張名欽，後更姓李。嘉靖間工部侍郎。墓在城南永安屯地方。

漏澤園在潞河東半里許。

三河縣

遼章宗陵在縣治北五十五里。前有兩小山并峙，上有擂鼓臺。

中都轉運使劉樞墓在縣西北五十里。

梁國大長興公主墓在縣北五十里。

韓嬰墓在縣北六十里。

韓延壽墓在縣北七十里。

金宣武將軍冉企雍墓在縣西北四十里。

金楊彥平墓在縣西北五里。

金招撫使趙景先墓在縣北五十里。

元祈侍郎墓在縣東里許。

漷縣

漢京兆尹張敞墓在縣南五里，俗謂畫眉郎墳。

得仁務古陵在晾鷹臺東二里。高數丈。三冢相望。臺西北有岡隆起，岡首上洞邃暝。相傳嘗有以燭入者，行里許，見大瓮炬火熒然，什物俱備。擲之以礫，鏗然作聲，但見金鏃四發。其人遂懼而止。意者遂道瓮炬者漆燈，什物者冥器，金鏃四發者機葬，必爲遼金諸王貴人之墓。碑文剥記。

元崔平章墓在縣南二十里。

元大尹郭汝梅墓在縣北二里。

岳文肅墓名正，天順間翰林院修撰，入閣參與機務。卒謚文肅。墓在縣南二十里。

李侍郎墓名温，□□間户部侍郎。〔注一〕墓在縣東二十里。

寶坻縣

唐羅將軍墓在縣北三十里。

元劉元帥墓名深，元中書左丞。墓在縣西八里。

芮都御史墓名釗，天順間右都御史。墓在縣東一里。

武清縣無

通州志略卷之一終

〔注一〕「間」上原有二字空白，據《畿輔通志》李温爲天順庚辰進士，據《明史》記其爲正德間侍郎。

通州志略卷之二

郡人楊行中纂輯

建置志

自穴居野處之世遠，而制度興焉。建置之爲時用，亦大矣。是故一堂一室之經營，義皆有爲而爲；一土一木之興作，事非得已不已。要之，皆王政之大端軍民之切務也。通用紀之，爲建置志。

城池

州有新舊二城。相傳自元以前無城，以籬寨爲之，莫考所據。考之載籍，多以城言，傳者訛也。國朝洪武元年閏七月，燕山忠敏侯孫興祖從大將徐達定通州，督軍士修其城。見《開國功臣録·孫興祖傳》，據修之爲言，似舊原有城，但修之耳。今城在潞河之西，甃以磚石，周圍九里十三步，高四丈六尺。峻整嚴固，屹然爲京東巨鎮。爲門四：東曰通運，西曰朝天，南曰迎薰，北曰凝翠。門各有樓。東門樓，正德辛巳，毁於回禄，至今未修。正統間，總督糧儲太監李德、鎮守都指揮陳信，因西關廂置大運西南二倉，奏建新城以護之，亦甃以磚，高三丈二尺，周圍八里，連接舊城。西面爲門二：一曰南門，一曰西門。亦各有樓。至嘉靖六年，[注二] 巡撫都御史李貢增修，加高五尺。舊新二城，城外各有隍，俱深闊□□可，但常乏水耳。舊城北面濱潞河，東面濱通惠河。

[注一]《乾隆通州志》作「正德」。

通州五衛分管城池

通州衛管舊城東門城墻一面，長一百八十七丈五尺，城鋪五座，新城南門城墻一面，長一百五十一丈，城鋪三座。

通州左衛管舊城東面一里三十八步，城鋪三座，新城南面一里一十七步，城鋪三座。

通州右衛管舊城東南角一里零八分，城鋪十座，新城南面至西南角一里，城鋪六座。

神武中衛管舊城北面二里四十步，城鋪五座，新城北面至西北角一里二十步，城鋪五座。

定邊衛管舊城西南城墻三百九十八丈三尺有奇，城鋪十座，新城西面三百九十八丈，城鋪六座。

三河縣磚城一座，高二丈五尺，上闊一丈一尺，下闊一丈五尺，周圍九百六十丈。

武清縣舊無城。正德六年，因流賊之變，知縣海南陳希文始築土垣。嘉靖二十二年，霸州等處兵備湯大章始築土城，樹以女墻。

漷縣舊無城。正德初，知縣郭枚始築土城，方二里許。嘉靖二十二年，巡按御史閻□□□□

□縣事，通州同知陳昶增修，〔注一〕甃之以磚，上加女墻，四門作樓，始成城焉。高一丈二尺，上闊四尺，下闊一丈二尺，周圍三里。

寶坻縣舊惟土城。弘治間，知縣莊禩修築磚城，高二丈六尺，厚七尺，周圍一千二十七丈六尺五寸。爲門四：東曰海濱，南曰廣川，西曰望都，北曰渠陽。

公署

文職公署

通州治在城北門内以西，元以前，莫考所在。

國朝洪武三年，建於此。永樂八年，知州方伯大重修。景泰三年，知州夏昂再修。天順六年，毁於回祿，知州何源修之。成化間，知州孫禮、傅皓相繼修葺。嘉靖十年，知州霍淮重修。二十五年，東西六房傾圮，知州汪有執修之。

正廳，三間 後堂，三間 正廳東耳房庫，一間 正廳西吏目廳，一間 東三房，共六間。 西三房，共六間。 戒石門，一間 儀門，三間 東角門，一間 西角門，一間 土地祠，一間 儀仗廳，一間 禁房，十間 獄神廟，一間 大門，三間 旌善廳，一間 申明亭，一間 譙樓門，一座，在州門東。 州門外舊有榜亭，十間，今無。 知州

〔注一〕《乾隆通州志》作「巡按閻委通州州同陳昶增修」。

衙一所，在正廳後。同知衙一所，在正廳左。判官衙二所，一在正廳右，一在儀門外東。吏目衙一所，在儀門外西。吏廨，共三十間。鐘鼓樓在南北門大街之中。制度巍崇，爲一郡瞻聽。嘉靖戊戌毁於回禄。戊甲□□。

東察院在州治東南。

正廳，五間後堂，五間正廳前東西廊房，各二間。後堂前，東厨房二間，西書房二間。後樓三間。嘉靖十三年建，收藏巡按御史文卷。儀門，一間，兩傍小角門各一座。大門。三間

西察院在新城西門内以南。景泰二年，巡倉御史程敬奏建。巡倉御史專住。

正廳，三間後堂，三間正廳前東西廊房，各三間。後堂前東厨房三間，西書房三間。退廳，三間射圃廳，一間儀門，一間，兩傍角門各一座。大門。三間

府館在東察院東。成化間知州傅皓建。

正廳，三間後堂，三間後堂前東厨房二間，西廂房二間。儀門，一間，兩傍角門各一座。大門。三間

尚書館在新城南門内以東。景泰間建。户部總督糧儲尚書侍郎巡視居之。

正廳，三間後堂，三間正廳前東西廂房，各三間。後堂前東西廂房，各三間。書房，三間後房，三間東西小□□間。儀門，□□□□六間大門□□□□□□□□□□□一在新城南門外。

户部分司在尚書館後。户部管糧員外主事居之。

團廳，三間左右廂房，各三間。員外衙一所，主事衙四

所，大門，一間，有鼓樓。伺候亭一座，二間協助廳一所在正廳東，南北相對，六間。每糧運湧至之時，户部量差辦事，進士三四員協助收糧，事完回部。

工部修倉分司在西察院前，內有侍郎館。正統間建。工部侍郎居之，奉敕管理修倉。後侍郎雖常奉敕管，止在部遥制，不出巡，惟以主事專領其事，三年一代。又於館西建主事衙。

侍郎館

正廳，三間後堂，三間後堂前東西廂房，各三間。主事衙正廳，三間後堂，三間後堂前左右廂房，各三間。客廳，三間，在主事衙東。住房，□間儀門，一間，兩傍角門各一座。大門，三間蓮花池一所。

工部管河分司在州治西南。嘉靖六年，修通惠河以行糧運，遂建管河衙門，置郎中一員領之，三年一代，

自通州至天津一帶運河，皆屬督理，專爲運事也。

正廳，五間後堂，五間正廳前東西廂房，各三間。後堂前東西廂房，各三間。儀門一間，兩傍角門各一座。大門。三間

忠瑞館在新城西察院東。舊乃總督糧儲太監居之。嘉靖間革去太監，今户部坐糧員外移居之。

正廳，三間後堂，三間正廳前東西廂房，各三間。後堂前東西廊房，各三間。書房，三間書辦房，六間儀門，三間大門。三間

忠敬館在忠瑞館後。三所。舊監督糧儲太監居。嘉靖間革太監。今户部管糧主事居之。

正廳各三間。後堂各三間。正廳前東西廂房，各六間。後堂前東西廂房，各六間。書辦房，各二間。皂隸房，二間後園凉亭，

各一座。儀門，一間大門。一間

太僕館俗呼驗馬廳，在儒學西。宣德間置太僕寺，分管寺丞出巡及本州管馬官點視馬匹，於此居之。正廳，三間祠堂一間，在廳左，祀馬神。大門，一間南有飲馬池，東西七十步，南北三十步，四圍栽柳，點馬之時，人馬俱得休息。今館基及池，俱爲居民占焉。

潞河水馬驛在舊城東關廂潞河西岸，永樂間置。正廳，七間後堂，十間正廳前廊房，東西各五間。後堂前廊房，東西各三間。倉庫廚共二十四間。驛丞廳，三間驛丞衙一所，儀門，三間大門譙樓。三間

遞運所在舊城東關廂潞河驛西，永樂間置。正廳，三間東西廊房，六間大使衙一所，大門。一間

和合驛在州城東南三十五里，永樂間置。正廳，三間倉庫房，各三間。驛丞衙一所。

通濟庫在州治南大運中倉之內。永樂間，□□貯山東等處解到折鹽、折布銀兩□□通州左等衛官軍。嘉靖十二年，户部坐糧員外孫繼魯奏革布鹽折銀。每年解州收庫□候户部札付坐放。

税課局原在鐘鼓樓前。永樂間設。嘉靖□年改建於舊城南門內。

張家灣巡檢司在土橋西。永樂間置。

北關巡檢司在舊城北門外。永樂間設，正德間革去。

弘仁橋巡檢司在州城南三十里。

陰陽學無。

醫學先時，舊城東門裏有惠民藥局，今廢已久。

僧正司在靖嘉寺內。

道正司在悟仙觀內。

养濟院在府館東。

預備倉與儒學對門。

提舉司在張家灣廣利閘。永樂間設，屬工部。

宣課司在張家灣土橋北。永樂間設，屬順天府。

鹽倉檢校批驗所在張家灣烟墩橋。永樂間設，屬户部。

抽分竹木局屬工部。在州城南門外閘河西岸。永樂間置，原設內官一員，監督本局大使抽分柴炭。天順間，革去內官，每季差御史一員監之。成化間，令巡倉御吏代管，一年一更，至今爲然。內有察院一所，舊時，御史按臨監視居之。自正德來，不親臨視，院署猶存。

真武廟一所，在大使廳，三間大使衙一所，大門三間，門坊一座□□下廠一所。在張家灣廣利閘。

□船廠在州城北門外。永樂間設。工部委指揮，□□□□□□□□□□□□□□□□□龍船十隻。

大通關在張家灣□店。永樂間設，屬兵部。

料磚廠在張家灣。永樂間設，原置於新開路。弘治間改於廣利橋西，屬工部，管修倉主事監收磚料居之。

北關竹木局在北門外。永樂間設，堆垛竹木，內官居之。

花板石廠，在張家灣。鐵猫廠，在張家灣。料磚廠。以上三廠，在張家灣。俱內官司之。

武職公署

分守衙在州治西南。

正廳，三間東西椽房，各三間。東西書房，各三間。後衙一所，大門。三間

漕帥府漕運總兵居之。舊建於東關廂。成化間，平江伯陳鋭改置於舊城南關。

正廳，三間後堂，三間正廳前東西廊房，各六間。後堂前東西廂，各六間。儀門，一間，左右各有角門。大門。三間

錦衣館舊在靖嘉寺内方丈東。弘治間改置於新城西察院東。錦衣衛每季差千百户各一員，領旗校居此，緝捕盜賊。

正廳，三間後堂，三間正廳前東西廂房，各三間。後堂前東西廂房，各三間。大門。三間

通州衛係親軍指揮使司任，隸兵部，在州治東南，洪武三十五年設。

正廳，□間後堂，□間經歷廳，□間鎮撫廳，□間東西

六房，各十間。左右中前後五千户所儀門，三間大門。三間

通州左衛在州治東南，永樂間添設。

正廳，三間後堂，三間經歷廳，一間鎮撫廳，一間東吏户禮房，五間西兵刑工房，無左右中三所鎮撫監，五間預備倉，三間軍器庫房，二間儀門，一間大門。三間

通州右衛在東察院前，永樂間添設。

正廳，三間後堂，三間經歷廳，一間鎮撫廳，一間東吏户禮房，三間西兵刑工房，三間東西耳房，各二間。左右中前後五千户所鎮撫監，二間預備倉，三間儀門，大門。

神武中衛在鐘鼓樓後西北，洪武三十三年添設。

正廳，三間後堂，三間經歷廳，一間鎮撫廳，一間東吏户禮房，三間西兵刑工房，三間左右中前後五千户所鎮撫監，四間軍器庫房，二間儀門，一間大門。三間

定邊衛在州治西南，洪武三十五年添設。

正廳，三間後堂，三間經歷廳，一間鎮撫廳，一間東吏户禮房，三間西兵刑工房，三間左右中前後五千户所鎮撫監，五間預備倉，三間軍器庫房，二間儀門，三間大門。三間

教場在舊城東□□□□以墻垣一千五百二十堵。

正廳，三間後堂，三間旗臺一所。

三河縣治在城内西北隅。洪武初建，正統間，知縣孫理重修。

正廳，三間後堂，三間典史廳，一間東西六房，各六間。知縣衙一所，縣丞衙一所，主簿衙一所，典史衙一所，土地祠，□間縣獄，□間儀門，□間大門。三間

察院一所，在縣治西。户部分司一所，在縣治東。太僕寺館一所，在縣治西。府館一所。在縣治西。

興州後屯衛。在縣治西，永樂間設。營州後屯衛。在縣治東南，永樂間設。三河驛。在縣南門外。正德七年，巡撫部御史李貢奏并爲三河驛。舊縣西有夏店驛，縣東有公樂驛。遞運所。在三河驛西。夏店巡檢司。在縣西二十里。陰陽學。醫學。僧會司。道會司。

〔注一〕「永樂間設立」與「一所」之間，原誤入「學校」一段，今調正順序。「一所」上有脱文。

武清縣治在城中北隅。正廳，三間後堂，三間典史廳，一間東西六房，各六間。知縣衙一所，縣丞衙一所，主簿衙一所，典史衙一所，土地祠，□間縣獄，□間儀門，一間大門。三間馬神廟。在縣治東南。察院一所，在縣治東南。户部分司一所在河西務，管鈔。府館一所。

寶坻縣治在城西隅。金大定十一年建。國朝洪武元年乃設衛門。□□□□□□彭鎬、莊釋相繼重修。正廳，三間後堂，三間典史廳，一間東西六房，共十四間。碑亭，二間戒石亭，一間儀仗庫，□間架閣庫，一間大庫，二間東西耳房，共六間。縣獄，共三間。知縣衙一所，縣丞衙一所，主簿衙一所，典史衙一所，樓門一座儀門三間大門三間旌善、申明二亭。俱縣治右。察院一所，在縣治東。太僕寺館一所，在縣治東。神廟在寺左。馬府館一所，在縣治東。陰陽學，在縣治東北。醫學，在縣治東北。養濟院，在縣治北。巡檢司，在縣治東南。税課局，今廢河泊所，今廢僧會司，道會司，在縣治。預備倉，廣濟倉，梁城守禦千户所。在縣治東南一百二十里。永樂間設立。一所，〔注一〕在察院北。河西水驛，□□□□三十里。河西務巡檢司，在縣治東北三十里。河西税課局，在縣治東南一里。楊村驛，在縣治東南五十里。楊村巡檢司，在縣南五十里。楊青驛，在縣南一百二十里。楊青遞運所，在縣南一百二十里。小直沽巡檢司，在縣南一百二十里。韓家樹河泊所，在縣治南一百里。陰陽學，在縣治西。醫學，在縣治西。僧會司，在縣治南。道會司，在縣治南。洪積倉，在縣治西。預備倉四。一在丘家莊，一在北汪社，一在落垡社，一在崔黃口社。

武清衛

正廳，三間 經歷廳，一間 鎮撫廳，一間 東西房，各六間。左右中前後五千户所，儀門，三間 大門。三間

漷縣治在城內。洪武四年漷州同知楊思賢創建，其後知縣郝良、王文、賈真、曹琰、馬新民相繼重修。

正廳，三間 後堂，三間 典史廳，一間 戒石亭，一座 東西六房，共□間 縣庫，一間 縣獄，□間 知縣衙一所，主簿衙二所，典史衙一所，儀門，三間 大門，三間 旌善、申明二

亭。今俱廢。

察院一所，在縣治東。府館一所，在縣治西南。楊村巡檢司，在縣治南七里永樂七年建。楊村遞運所，在□□□□□□□□□□ 陰陽學，醫學，僧會司。

學校

學校，亦公署也，而風化所關，爲治道之大，故特出之。

州儒學在州治西。元大德二年，知州趙居禮建。國朝永樂十四年重修。正統間知州孫理，成化間傅皓重修。弘治間，知州邵賢修建欞星門。

正德壬申，巡撫都御史燕湖李貢柵臨視學，以明倫廳事淺狹，不便周旋。又以學西逼佑勝寺，乃幾寺欲移文廟於寺所，以廣堂院。地基已築，會貢升任乃止。

先師殿，五間 東廡，五間 西廡，五間 戟門，三間，東西角門各一間。 欞星門，三間 御製敬一碑亭，一間 明倫堂，五間 日新齋，二間 時習齋，三間 進德齋，三間 啓聖公祠，三間 舊有文昌祠，一間，在文廟東今廢。 庫房，三間 學正衙一所，訓導衙三所，儀門，一間 大門。一間 東廡後，舊有號房一聯二十四間，號房前爲射圃，對號有省牲房三間。嘉靖癸巳，同知丁谷乃以其地并爲州禁獄。丁未，知州汪有執以俎豆之地逼鄰桎梏之所，殊非事理所宜，乃移禁房，而東量復舊地，闢爲甬路，仍建門焉。今儒學有東西二門。

通惠書院 在儒學西南。嘉靖己酉巡按御史阮鶚建。

三河縣儒學 在縣治西南，金泰和間建，國朝宣德元年重修。

先師殿，□間 東廡，□間 西廡，□間 戟門，□間，東西角門各一間。 欞星門，二間 御製敬一碑亭，一間 明倫堂，□間 兩齋，共六間。 啓聖公祠。□間

武清縣儒學 舊在縣白河西。國朝洪武初，因避水患，徙建於縣東北。□□間，知縣趙公輔又遷置縣治南。

先師殿，明三間，暗□間。東廡，七間西廡，七間戟門，三間，東西角門各一間。櫺星門，三間御製敬一碑亭，□間明倫堂，五間兩齋，東西共□間。尊經閣，啓聖公祠。□間

漷縣儒學舊在河西務。洪武四年遷置縣城西北隅。

先師殿，三間東廡，五間西廡，五間櫺星門，三間御製敬一碑亭，三間明倫堂，三間兩齋，東西共□間。東西號房。十間

寶坻縣儒學在縣治東北。元大德間建，國朝洪武十五年重修。

先師殿，五間東廡，七間西廡，七間戟門，三間，東西角門各一間。櫺星門，三間御製敬一碑亭，三間明倫堂，三間齋宿所，五間兩齋，東西各三間。神厨，三間宰牲所，三間文昌祠，三間會饌堂，三間號房東西各十間。射圃亭，三間土地祠，一間學倉，二間厨房，二間教諭舍一所，訓導舍一所。

橋梁

州

閘橋，在城裏，跨通惠河，即通流閘。乾石橋，在城裏鐘鼓樓後。板橋，有二，一在東水門內，一在西水門內。浮橋，在東關潞河，聯舟爲之。哈叭橋，在東關以南，跨通惠河。南浦橋，在城南，跨通惠河，舊有閘，今廢。永通橋，在州城西，跨通惠河普濟閘，舊名楊尹閘橋，即八景長橋映月者也。雙橋，在州城西十里，今止一橋，俗呼雙橋，不知何謂。花園橋，在雙橋西一里許。弘仁橋，在州城西南三十里，跨渾河，舊名馬駒橋，又曰壓渾橋。廣濟橋，在張家灣。烟墩橋，在張家灣。彌陀橋，在張家灣，亦名鮮魚橋。通利橋，在張家灣彌陀橋北。土橋，在張家灣，舊以土名，今實以石爲之。廣利橋，在張家灣，舊名鵓鴿橋。新板橋，在張家灣巡檢司前。廣福

橋。在張家灣接待寺前。

通州橋梁，惟潞河浮橋關涉爲重。蓋河乃巨浸，通東西要路，且逼近關塞，有事徵調，兵馬之所必經。每春夏水漲，兩無涯際，橋不能常設。往年例，於秋冬，州三衛七共建草橋，至春撤罷。往往建不如法，涉者病焉。弘治間，巡撫都御史洪鍾建議，令州衛造舟爲浮橋，冬夏常設，惟河漲時暫撤，河復，仍設州衛相時修理，撫按臨視稽查。橋常完設，人甚便之。其餘諸橋，則本州擇取在城內外及張家灣居住軍民殷實之家，僉充橋户。遇各橋損壞，行令橋户自行修理，量免門户差役。嘉靖七年，修通惠河，設管河衙門。工部尚書甘爲霖遂將通州合境橋梁，奏行管河衙門帶管，橋户則令出銀納官，管河衙門收貯以備修橋，橋之修否，州衛不與其事，撫按亦過而不問矣。要之，在外橋梁，自是有司一事也，顧以部使司之體，應若是耶？

三河縣

錯橋，在縣東南七渡河上，今廢。

洵河橋。在縣南門外。正德十一年建。

武清縣

無

漷縣

新河店橋，在縣西。水南村橋。在縣西北。

寶坻縣

武曲橋，在縣學後。文明橋，俗名大東橋，在東門外北。廣川橋，在南門外。海濱橋，在東門外。通津橋，以渠水入城由此而東注也。在南門內。望都橋，在西門外。渠陽橋，在北門外。平政橋。在北門外。

郵　鋪

州

州前鋪，在州治東。召里店鋪，在州城東一十里。東留村鋪，在州城西一十里，鋪舍無。大黃莊鋪，在州城西一十里，無鋪舍。高麗莊鋪。在州城西南一十里。

三河縣

總鋪，在縣治南。石碑鋪，在縣東一十里。段家嶺鋪，在縣東二十里。白浮圖鋪，在縣西一十里。泥窪鋪，在縣西二十里。夏店五槐鋪，在縣西三十里。馬巫法鋪。在縣西四十里。

武清縣

在城鋪，在縣治南。巨城鋪，在縣西北一十里。水火鋪。在縣北二十里。

漷縣

縣前鋪，在縣治南。宋家店鋪，在縣北一十里。黃場鋪，在縣南一十里。得仁務鋪，在縣南一十五里。三垈鋪，在縣南三十里。兩家店鋪。在縣東一十里。

寶坻縣

總鋪，在縣治南。朱家莊鋪，在縣西一十里。崔家莊鋪。在縣西二十里。

烽堠

國家建都幽燕，負背關塞，而畿輔郡邑，多逼邊疆，故量道里而爲烽堠，以備警報，蓋軍國重務也。承平日久，多漸湮頽，而居安慮危，當事者宜常爲之所也。

召里墩，燕郊墩，已上二墩，東接三河界。東留村墩，墩無，地址存。大黄莊墩，墩無，地址存。已上二墩達京師。高麗莊墩。烽墩無此墩。□□□□界。

三河縣

石碑墩，段家嶺墩，已上二墩，東接薊州。城西南隅墩，白浮圖墩，泥窪鋪墩，夏莊墩，馬巫法墩。已上四墩，西達通州。

武清縣無

漷縣無

寶坻縣

梁河墩，圯口墩，流河墩，大沽河墩，黑崖子墩。已上五墩，俱在梁城所地方，設以瞭海。

囿苑

國之大事在戎，戎之所重在馬，故馬房草場之設，一以儲芻，一以牧馬，皆軍國大計也。

州

鄭村壩大馬房（在州城北二十里。馬房公廨、草攔堆草夾墻等地一十四頃六十三畝六分，牧放草場地六百七十八頃一十五畝一分。）

鄭村壩東馬房（在州城北二十里。馬房公廨等地一十一頃七十八畝，牧放草場地三百一十二頃八十九畝。）

鄭村壩北馬房（在州城北二十二里。馬房公廨等地一十一頃八十八畝六分，牧放草場地一十七頃□十畝。）

駒子馬房（在州城北十八里。馬房公廨等地□頃四十一畝一分，牧放草場地三百一十四頃六十八畝。）

金盞兒淀馬房（在州城北二十五里。馬房公廨等地二十一頃九十四畝一分，牧放草場地二百三頃四十八畝四分。）

義河馬房（在州城北二十一里。馬房公廨等地一十二頃七十四畝七分，牧放草場地三百六十八頃五畝。）

北高馬房（在州城北三十里。馬房公廨等地一十五頃七十三畝四分，牧放草場地四百五十七頃九十六畝。）

北草場（在州城北二十二里。馬房公廨等地八頃三十六畝六分，牧放草場地一千七十三頃七十九畝二分。）

以上八馬房，俱宣德間設。順天府各州縣僉

解庫秤草，脚夫看守收支草料。

崇教坊草場（在州城南新開路，距州八里。）

鳴玉坊草場（在州城南，距州五里。）

花園草場（在州城西南五里。）

以上三草場，俱永樂間設。後軍都督府委官一員，督領通州左等四衛、天津三衛、涿鹿衛官軍采納。静海等衛秋青草以納，備將軍侍衛官軍領用。

三河縣

兔東馬房（共地六百二十一頃六十七畝□分一厘。）

兔南馬房共地三百一十五六十□畝□分二厘。

兔西馬房共地六百四十三頃四十六畝一分七厘。

官莊馬房共地一百六十九頃四十六畝一分八厘。

楊家橋馬房共地一百一十二頃五十四畝七分。

張家莊馬房共地一百五頃三十畝四分四厘。

武清縣

在監馬房共地六百九頃四十五畝九分七厘六毫。

壩大馬房共地四百二十二頃一十四畝一分九厘九毫。

壩東馬房共地五百七十二頃四十三畝七分一厘一毫。

壩北馬房共地一百一十五頃一十六畝二分七厘一毫。

金盞馬房共地一千三百六十三頃四十四畝二分二厘三毫。

義河馬房共地九十一頃二十一畝二分三厘八毫。

鄭家莊馬房共地二百七十五頃三十四畝八分。

湯山馬房共地二百二頃六十八畝一分七厘四毫。

天柱馬房共地六十六頃九十畝八厘四毫貳絲。

北草場馬房共地五百六十二頃六十二畝七分二厘七毫。

黃土坡馬房共地四百八十二頃七十畝七分五厘一毫。

漷縣

御馬監草場共地二頃九十畝八分一厘八毫二絲。

太僕寺牧馬草場共地四頃八十三畝。

寶坻縣

義河草場共地五千六十四頃五十四畝六分。

天柱草場共地六百四十八頃。

湯山草場共地九百七十七頃。

駒子馬房共地七百五十六頃。

兔兒山草場共地五千三百四十四頃二十五畝。

北高馬房草場共地三百二頃四十畝。

兔南馬房草場共地五百二十頃。

兔兒南馬房過路草場共地二百頃。

通州志略卷之二終